VAMPIRE CHRONICLES

3

SCÉNARIO : KYÔ SHIRODAIRA
DESSINS : YURI KIMURA

SOMMAIRE

CHAPITRE 9 : L'AMOUR SE COUCHE EN SAIGNANT
FSH
TU COMPRENDS, BRIDGET ?
MÊME LA PLUS JUSTE DES GUERRES FAIT INÉVITABLEMENT DES VICTIMES...
EN FAISANT COULER LE SANG, CELUI DE TES ALLIÉS COMME CELUI DE TES ENNEMIS...
TU SÈMES LES GERMES D'UN NOUVEAU CONFLIT...

ET C'EST AINSI QUE LES GUERRES SE RÉPÈTENT ÉTERNELLE-MENT...
CHAPITRE 9 :
L'AMOUR SE COUCHE EN SAIGNANT

CE QUI COMPTE VRAIMENT POUR CEUX QUI SONT EN POSITION DE PROTÉGER UN PAYS ET SES HABITANTS, CE N'EST PAS D'AVOIR LA FORCE DE GAGNER DES GUERRES...
FSH
FSH
C'EST DE NE JAMAIS MÉNAGER SES EFFORTS...
POUR QU'AUCUN CONFLIT N'ÉCLATE !
HI HI !
DE S'Y EFFORCER...
TOUS LES JOURS, SANS RELÂCHE.
ZIP
TU ES VRAIMENT EXASPÉRANT, STRAUSS !

POURQUOI NE PAS UNIFIER UNE BONNE FOIS POUR TOUTES LE CONTI-NENT SOUS NOTRE DOMINATION ?
S'IL N'Y A PLUS D'AUTRE ROYAUME POUR NOUS ATTAQUER, LA PAIX EST ASSURÉE !
JE SUIS SÛRE QU'À NOUS DEUX...
IL NE NOUS FAUDRAIT PAS PLUS DE CINQ ANS POUR FAIRE FLOTTER SUR LA TERRE ENTIÈRE LE DRAPEAU DU ROYAUME DE LA NUIT...
VOUF
LA DOMI-NATION FINIT TOUJOURS PAR ENGEN-DRER LA RÉVOLTE...
ELLE NE CONDUIT QU'À FAIRE COULER LE SANG À NOUVEAU ...
CRAC
ON PEUT REMPORTER BATAILLE APRÈS BATAILLE, ON Y PERD TOUJOURS QUELQUE CHOSE...

CEUX QUI VEULENT TOUT AVOIR FINISSENT UN JOUR PAR TOUT PERDRE À CAUSE DE LEUR AMBITION...
IL FAUT SAVOIR SE CONTEN-TER DE CE QU'ON A...
APRÈS TOUT, POUR VIVRE EN PAIX, LE PEUPLE DES VAMPIRES...
N'A BESOIN QUE D'UN SEUL PETIT PAYS !

FSH
ぱさっ
DÉCIDÉMENT...
TU ES NÉ AVEC LE POUVOIR D'UN LEADER...
MAIS EN FAIT, TU ES UN INDÉCROTTABLE HOMME AU FOYER, STRAUSS !
ÇA TOMBE BIEN ! RIEN N'EST PLUS IMPORTANT QUE LE FOYER !
MA CHÈRE PETITE FILLE...
AH...
CE N'ÉTAIT QU'UN RÊVE...

J'EN FAIS DE PLUS EN PLUS SOUVENT SUR LE PASSÉ...
C'EST PEUT-ÊTRE LA SÉNILITÉ QUI ME GUETTE...
TOC
TOC
STRAUSS !
C'EST L'HEURE DE MANGER ! VOICI TON REPAS.
OUH LÀ ! TU AS MAUVAISE MINE, DIS DONC !
NE T'INQUIÈTE PAS ! J'AI JUSTE FAIT UN MAUVAIS RÊVE !
AH BON ?
CLAC
DIS-MOI PLUTÔT... QUE FAIT GM ?
CLAC
IL EST TOUJOURS LÀ...

IL EST OCCUPÉ À CONVOQUER DES TAS DE GENS ET À LEUR DONNER DES ORDRES...
CLOU
CLOU
...
IL EST FORT POSSIBLE QUE BRIDGET VIENNE METTRE LA PRESSION À GM DÈS CETTE NUIT...
ELLE DOIT DÉJÀ AVOIR PRIS DES MESURES...
LAETIE !
OUI ?
J'AI UN SERVICE À TE DEMANDER !
RRRMM
RRRMM

TU AS ENCORE CHANGÉ DE MASQUE ?
BIEN SÛR !
JE TE RAPPELLE QUE LE ROI VAMPIRE A FÊLÉ CELUI QUE JE PORTAIS HIER...
J'AI RAJOUTÉ DES CŒURS !
AU FAIT...
GRAND PÈRE...
QUAND LES ÉTOILES VONT-ELLES TOMBER DU CIEL ?
...
DANS SEPT JOURS, TOUT AU PLUS !
TAC
SI TÔT ?
JE DIRAIS PLUTÔT "SI TARD" !

CLANG
CLANG
JE NE SUIS PAS SÛR QUE NOUS PUISSIONS MAINTENIR AUSSI LONGTEMPS L'ÉQUILIBRE DES FORCES...
ENTRE LE ROI VAMPIRE ET LES DHAMPIRES...
MAIS NOUS PRENDRONS L'AVANTAGE DÈS QUE LES ÉTOILES TOMBERONT...
CAR, CONTRAIREMENT À EUX, NOUS AVONS UNE VUE GLOBALE DE LA SITUATION !
TAP
MAÎTRE GM...
QU'Y A-T-IL ?
ON VOUS DEMANDE AU TÉLÉPHONE...
C'EST DE LA PART DE...

BRIDGET IRVING FROSTHEART !
FSH
EH !
FSH

JE PEUX SAVOIR POURQUOI TU M'AS FAIT VENIR ICI, AU JUSTE ? QU'EST-CE QUE TU ME VEUX ?
ON NE TIRERA RIEN DE BON DE TOI, DANS L'ÉTAT OÙ TU ES !
C'EST POUR-QUOI JE T'OFFRE UNE OCCA-SION...
DE CREVER L'ABCÈS AVEC LE CYGNE NOIR !
QUOI ?!
CRII
!

CLAC
VOILÀ UN LIEU BIEN INCONGRU POUR UNE RENCONTRE !
TAC
JE L'AI CHOISI POUR VOUS METTRE À L'AISE...
CAR NOUS NE POURRONS PAS NOUS EN PRENDRE À VOUS DANS UN LIEU AUSSI FRÉQUENTÉ !
ÇA ME CONVIENT !
TAC
BIEN ! IL EST TEMPS DE PARLER ENSEMBLE DE L'AVENIR...
OUI...
TAC
TAC
TAC
MAIS AVANT TOUT...
CRR

CLAC
C'EST AKABARA QUI T'A DEMANDÉ DE VENIR, HEIN ?
HÉ HÉ HÉ...
TSS...
IL A TOUJOURS ÉTÉ DOUÉ POUR MANIPULER LES PETITES FILLES !
EXCUSE-MOI. J'AI FAIT PREUVE DE NÉGLIGENCE...
BAH, CE N'EST PAS BIEN GRAVE...
FLIP
GRRR...
DE TOUTE FAÇON, CYGNE NOIR, JE N'ATTENDS PAS DE TOI QUE TU SOIS CAPABLE D'AUTRE CHOSE QUE DE TUER LE ROI VAMPIRE !
LÂCHE-MOI !
BAM

ET PUIS, À VRAI DIRE, ÇA NE ME GÊNE PAS QU'IL CONNAISSE LE CONTENU DE NOTRE CONVERSATION !
HOP !
JE T'AUTORISE À Y ASSISTER, PETITE !
TU FERAIS MIEUX DE NE PAS ME SOUS-ESTIMER !
TAP
TANT QUE TU CONTINUERAS À DIRE CE GENRE DE CHOSES, TU NE SERAS QU'UNE PETITE MORVEUSE !
QUOI ?!
FSH
...
FRSHT
FSHH

PFF
JE N'AI RIEN À TE DIRE !
FSHH
MOI, SI !
YUKI KOMA-TSUBARA M'A CONFIÉ UN MESSAGE...
AU MOMENT DE MOURIR, ELLE A SOU-HAITÉ QUE CELLE QUI LUI SUCCÉDERAIT TE TRANS-METTE...
SES DERNIÈRES PENSÉES...

JE TE LES RÉPÈTE TELLES QUELLES...
“PARDON DE NE PAS AVOIR PU...
TE RÉPONDRE ...
JE T'AIMAIS...
COMME UN PETIT FRÈRE UN PEU MALADROIT !
MÊME SI JE NE SUIS PLUS LÀ, N'OUBLIE PAS DE SOURIRE DE BON CŒUR DE TEMPS EN TEMPS !”
C'EST TOUT.
ES-TU SEULEMENT CAPABLE DE SOURIRE, EN CE MOMENT ?

CRSH
POUR QUOI FAIRE ?
CE N'EST PAS ÇA QUI RAMÈNERA YUKI !
PLOF
JE SAIS BIEN...
QU'ELLE DÉTESTAIT PLUS QUE TOUT ME VOIR COMME ÇA !
MAIS...
SPLASH
QU'EST-CE QUE TU VOULAIS QUE JE FASSE ?

TAP
AKABARA A TUÉ L'ÊTRE LE PLUS IMPORTANT À MES YEUX.
MOI QUI AI DÛ SERRER SON CORPS GLACÉ DANS MES BRAS...
QUE VOULAIS-TU QUE JE FASSE...
SPLASH
CES CINQUANTE DERNIÈRES ANNÉES ?!

BON SANG...
CRAC
C'EST AKABARA QUI EST À BLÂMER, DANS CETTE HISTOIRE...
POURQUOI FAUT-IL QUE TU ME DISES ÇA AVEC LE VISAGE DE YUKI ?!
ALORS POURQUOI EST-CE QUE TU M'ACCUSES ?!
POURQUOI EST-CE QUE TU... LE PROTÈGES ?!

LE ROI VAMPIRE A CERTES COMMIS DE GRAVES CRIMES...
ET LE JOUR VIENDRA OÙ JE DEVRAI LE TUER...
MAIS IL LUTTE POUR RETROUVER LA FEMME QU'IL AIME ...
TAP
ET EN CE SENS, SON COMBAT A UNE CERTAINE VALEUR...
TANDIS QUE LE TIEN EST NON SEULEMENT ÉGOÏSTE ...
MAIS AUSSI COMPLÈTEMENT STÉRILE !
ON NE PEUT PAS RESSUSCITER LES MORTS ...
TAC
EH BIEN, JE FERAI EN SORTE QUE STRAUSS NE PUISSE PAS RAMENER SA BIEN-AIMÉE, LUI NON PLUS !
PLOC
PLOC

JE MASSACRERAI SA CHÈRE ADELHEID ...
EN MÊME TEMPS QUE LUI !

VOICI CE QUE J'EXIGE DE VOUS...
TAC

VOUS ALLEZ DÉMANTELER ENTIÈREMENT LE PÉRIMÈTRE MILITAIRE QUE VOUS AVEZ MIS EN PLACE AUTOUR DE NOTRE COMMUNAUTÉ !
JE NE PEUX PAS ME LE PERMETTRE...
VOUS SAVEZ BIEN QUE VOTRE PEUPLE EST TROP DANGEREUX POUR NE PAS ÊTRE TENU EN LAISSE...
FSH
OH...
PLAF
ALORS COMME ÇA, VOUS CROYIEZ NOUS AVOIR PASSÉ UNE LAISSE AUTOUR DU COU ?
...
FLAP

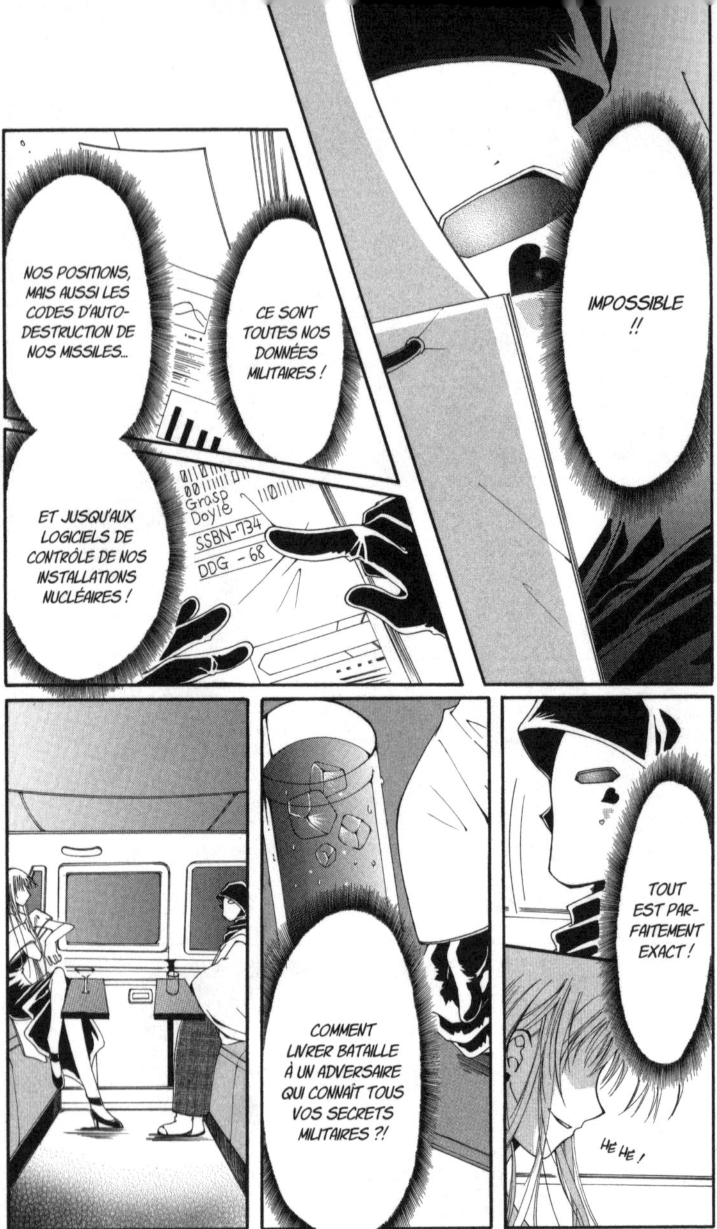
IMPOSSIBLE !!
CE SONT TOUTES NOS DONNÉES MILITAIRES !
NOS POSITIONS, MAIS AUSSI LES CODES D'AUTO-DESTRUCTION DE NOS MISSILES...
Grasp Doyle
SSBN-734
DDG -68
ET JUSQU'AUX LOGICIELS DE CONTRÔLE DE NOS INSTALLATIONS NUCLÉAIRES !
TOUT EST PAR-FAITEMENT EXACT !
HÉ HÉ !
COMMENT LIVRER BATAILLE À UN ADVERSAIRE QUI CONNAÎT TOUS VOS SECRETS MILITAIRES ?!

ET CE N'EST PAS TOUT !
UN SEUL ORDRE DE MA PART, ET TOUS LES RÉSEAUX DES PAYS INDUSTRIALISÉS...
QU'ILS SOIENT ÉLECTRIQUES, DE COMMUNICATION...
CÂBLÉS OU SANS FIL... SERONT COUPÉS !
VSH
COMME CECI !

HEIN ?!
ガタッ
TAC
ELLE… ELLE L'A VRAIMENT FAIT ?!

FFT
VOUS POURREZ VÉRIFIER ...
L'ÉLEC-TRICITÉ ET LES COMMU-NICATIONS DE TOUT LE JAPON ONT ÉTÉ COUPÉES PENDANT UNE SECONDE ET SEPT DIXIÈMES...
LA CAUSE DE L'INCIDENT RESTANT INCONNUE !
IL NOUS A FALLU DE LONGUES ANNÉES DE PRÉPARATION ET D'ENTRAÎNEMENT, MAIS NOUS SOMMES CAPABLES DE LES BROUILLER GRÂCE À NOTRE MAGIE ET À NOTRE ÉNERGIE SPIRITUELLE...
ET VOUS, LES HUMAINS, QUI AVEZ PERDU LA VÔTRE, ÊTES INCAPABLES DE NOUS EN EMPÊCHER !
...

SACHEZ QUE NOUS POUVONS MAINTENIR CE BROUILLAGE DANS LE MONDE ENTIER PENDANT TROIS MOIS !
VOUS COMPRENEZ CE QUE ÇA SIGNIFIE, N'EST-CE PAS ?
SI L'ÉLECTRICITÉ ET LES COMMUNICATIONS ÉTAIENT COUPÉES À PAREILLE ÉCHELLE, LES DHAMPIRES SERAIENT BIEN LE CADET DE VOS SOUCIS !
TOUS LES SECTEURS DE L'ÉCONOMIE MONDIALE S'EFFONDRERAIENT...
LES DÉGÂTS À LONG TERME SERAIENT INIMAGINABLES !
SI LES COMMUNICATIONS ÉTAIENT COUPÉES, NOUS NE POURRIONS PLUS DIRIGER NOS ARMÉES...
NOUS NE SERIONS MÊME PLUS EN MESURE DE CONTRÔLER UNE SIMPLE VILLE...

INCROYABLE !
ELLE A RÉDUIT GM À L'IMPUISSANCE !
FSH
BIEN ENTENDU...
STRAUSS AVAIT VU JUSTE !
ET SI LES DHAMPIRES NOUS ATTAQUAIENT APRÈS NOUS AVOIR PRIVÉS DE COURANT...
ILS POURRAIENT FAIRE TOMBER UN, VOIRE DEUX PAYS EN QUELQUES JOURS !
NOTRE PUISSANCE MAGIQUE ET NOTRE ÉNERGIE SPIRITUELLE NE SONT PAS ILLIMITÉES...
EN CAS DE GUERRE TOTALE CONTRE LES HUMAINS, NOUS FINIRIONS PAR ÊTRE DÉFAITS...
TOC
MAIS EN TROIS MOIS, QUE CE SOIT DE NOS MAINS OU INDIRECTEMENT...
GLOU
GLOU

PSHHHH
NOUS POURRIONS ÉLIMINER ENVIRON 30 % DE LA POPULATION MONDIALE !
ELLE NE BLUFFE PAS !
SI NOUS ATTAQUONS LES DHAMPIRES, MÊME SI NOUS REMPORTONS LE CONFLIT...
LES PERTES SUBIES NOUS SEMBLERONT TELLEMENT LOURDES QUE CE SERA UNE DÉFAITE EN SOI...
ET CETTE FEMME N'HÉSITERA PAS À NOUS FAIRE LA GUERRE JUSQU'À L'ANÉANTISSEMENT COMPLET !
NE VOUS EN PRENEZ PAS À NOUS...

NOS DEUX CAMPS Y PERDRAIENT !
NOUS N'AVONS AUCUNE INTENTION DE SEMER LE TROUBLE DANS LE MONDE DES HUMAINS, TANT QUE VOUS RES-TEZ SAGES...
ME SUIS-JE BIEN FAIT COMPREN-DRE ?
SCROUI
CLANG
MAIS LAISSEZ-NOUS LE ROI VAMPIRE PEN-DANT ENCORE SEPT JOURS ...
ÉCHANGE DE BONS PROCÉDÉS.
VOTRE COMMUNAUTÉ AURA LA PAIX...
COMMENCEZ PAR RETIRER VOS ARMÉES ...
CLAC

ENSUITE, NOUS EN DISCUTERONS !
JE VOUS RAPPELLERAI !
ATTENDEZ ! IL Y A QUELQUE CHOSE QUI M'ÉCHAPPE...
J'AI FAIT FAIRE QUELQUES RECHERCHES, MAIS IL N'Y A PAS LA MOINDRE TRACE INDIQUANT QUE LES DHAMPIRES SE SOIENT MÊLÉS DES AFFAIRES DU MONDE...
POURQUOI NE TENTEZ-VOUS PAS DE VOUS EN EMPARER SECRÈTEMENT, AVEC LA PUISSANCE DONT VOUS DISPOSEZ ?
LA DOMINATION, AUSSI FERME SOIT-ELLE, FINIT TOUJOURS PAR ENGENDRER LA RÉVOLTE...
ELLE NE CONDUIT QU'À FAIRE COULER LE SANG EN VAIN !

UN TERRITOIRE MODESTE NOUS SUFFIT POUR MENER UNE EXISTENCE PAISIBLE...
À QUOI CELA NOUS AVANCERAIT-IL DE DOMINER LE MONDE ?
CEUX QUI VEULENT TOUT AVOIR FINISSENT UN JOUR PAR TOUT PERDRE À CAUSE DE LEUR AMBITION...
VOUS DEVRIEZ MÉDITER ÇA !
TAC
TAC
TAC

LE ROI VAMPIRE ET LADY BRIDGET...
SONT D'UNE TELLE STATURE...
À CÔTÉ D'EUX, JE NE SUIS RIEN DE PLUS QU'UN ENFANT...
ÇA N'A PAS L'AIR TRÈS BRILLANT, DE CE CÔTÉ-LÀ...
POF
BRIDGET !
TAP

STRAUSS A UNE PROPOSITION À TE FAIRE !
...
IL VEUT CONNAÎTRE LES VÉRITABLES INTENTIONS DE GM...
ET ME SUGGÈRE UNE TRÊVE POUR ÉCHANGER NOS INFORMATIONS, C'EST BIEN ÇA ?
WAOUH !
VA LUI RÉPONDRE ...
QUE JE NE M'ABAISSERAI À M'ALLIER À LUI SOUS AUCUN PRÉTEXTE !
!
C'EST PLUTÔT TOI QUI DEVRAIS TE RANGER À NOS CÔTÉS...
AVANT D'ÊTRE COMPLÈTEMENT CORROMPUE PAR AKABARA !
GRR...
!

VSH
TAIS-TOI !
C'EST VOUS QUI ÊTES COR-ROMPUS !
C'EST VOUS, SON PROPRE PEUPLE, QUI AVEZ TRAHI STRAUSS LES PREMIERS, ET TENTÉ DE LE TUER...
VOUS QUI AVEZ PRIS LA REINE DES VAMPIRES EN OTAGE !!
STRAUSS SE BAT POUR RETROUVER SA BIEN-AIMÉE ADELHEID ! QUEL MAL Y A-T-IL À ÇA ?!
L'AMOUR COMPTE PLUS QUE TOUT !
GRR...
OH !
GLOUPS

PLAF
EN EFFET ...
ET PUIS, SA "BIEN-AIMÉE" ADELHEID ? TU TE FICHES DE MOI ?!
FSH
TOUT A COMMENCÉ LE JOUR OÙ LA PLUPART DES VAMPI-RES ET DES DHAMPIRES ONT TRAHI LEUR ROI...
CERTES, ILS SONT À BLÂMER POUR CE QU'ILS ONT FAIT...
MAIS À LA FIN, C'EST STRAUSS QUI A TOURNÉ LE DOS À LA LUNE VÉNÉ-RABLE...
ET TRAHI SES PRINCIPES ...
DIRE QUE TU NOUS AS TOUS ABANDONNÉS, MÊME MOI QUI AI CRU EN TOI JUSQU'AU BOUT...

STRAUSS N'ÉPROUVE PAS LE MOINDRE AMOUR POUR CETTE FEMME !

IL Y A TRÈS LONGTEMPS, UN PUISSANT VAMPIRE RÉGNAIT SUR LE ROYAUME DE LA NUIT... SA FORCE ÉTAIT SI GRANDE QU'IL ÉTAIT CRAINT DE TOUS, NON SEULEMENT DES HUMAINS, MAIS AUSSI DE SES SEMBLABLES. SES SUJETS DÉCIDÈRENT DE L'EXÉCUTER ET, POUR CE FAIRE, PRIRENT SA REINE EN OTAGE...
MAIS CELLE-CI, PRISE DE PANIQUE, PERDIT LE CONTRÔLE DE SA PUISSANCE MAGIQUE ET FAILLIT ANÉANTIR LE MONDE...
ALORS QU'AU PRIX DE TERRIBLES EFFORTS, LES HOMMES AVAIENT ENFIN RÉUSSI À SCELLER LA REINE EN UN LIEU INCONNU, LE ROI, FURIEUX, DÉTRUISIT SON PROPRE ROYAUME. PUIS IL PARTIT À LA RECHERCHE DE SON ÉPOUSE, S'ENGAGEANT DANS UNE LUTTE SANS FIN, SEUL CONTRE TOUS...
C'EST AINSI QUE ROSE-RED STRAUSS, LE DERNIER ROI DES VAMPIRES, A ABANDONNÉ LE PAYS ET LE PEUPLE QU'IL ÉTAIT CENSÉ PROTÉGER... DEPUIS PLUS DE MILLE ANS, IL ERRE DE PAR LE MONDE...
CHAPITRE 10 : UNE QUESTION DE VÉRITÉ
TOUT ÇA POUR RETROUVER ADELHEID...
SA REINE BIEN-AIMÉE...

CHAPITRE 10 : UNE QUESTION DE VÉRITÉ

ET PUIS, SA "BIEN-AIMÉE" ADELHEID ?
TU TE FICHES DE MOI ?!
STRAUSS N'ÉPROUVE PAS LE MOINDRE AMOUR POUR CETTE FEMME !

CRR
...
C'EST ...
C'EST TOI QUI RACONTES N'IMPORTE QUOI !
VSH
BIEN SÛR QUE STRAUSS AIME ADELHEID !!
SINON, POURQUOI SE SERAIT-IL LAISSÉ CAPTURER BIEN GENTIMENT, IL Y A MILLE ANS ?! POURQUOI AURAIT-IL ACCEPTÉ DE SE LAISSER TUER ?!
ÇA FAIT DES SIÈCLES QU'IL SE BAT POUR DÉTRUIRE LE SCEAU QUI RETIENT LA REINE PRISONNIÈRE !
QU'EST-CE QUE TU ESSAIES DE ME FAIRE CROIRE ?!
GH...

FSH
QUE TOUT ÇA...
N'EST QUE MENSONGES ?!
FSHH
...
EN APPARENCE...
LA LÉGENDE DIT LA VÉRITÉ !
?!
LE PEUPLE DE STRAUSS A BIEN VOULU L'ASSASSINER...
ET, EFFECTIVEMENT, ADELHEID A ÉTÉ PRISE EN OTAGE !
C'EST ÉGALEMENT VRAI QUE STRAUSS ÉTAIT PRÊT À SE LAISSER EXÉCUTER...

ET QU'AU FINAL, IL A TOUT ABANDONNÉ, SON PAYS COMME SES SUJETS, POUR ALLER BRISER LE SCEAU...
C'EST LA STRICTE VÉRITÉ...
PLOUF
FSHH
PERSONNE N'A CHERCHÉ À DÉFORMER LES FAITS...
À L'ÉPOQUE, TOUT LE MONDE CROYAIT QUE STRAUSS ET ADELHEID ÉTAIENT AMOUREUX L'UN DE L'AUTRE...
APRÈS TOUT, QUAND ON INTERPRÈTE LES ÉVÉNEMENTS DE L'EXTÉRIEUR, IL EST NATUREL D'ARRIVER À CETTE CONCLUSION...
MAIS MOI SEULE SAVAIS...
TAC
MOI SEULE ÉTAIS EN POSITION DE SAVOIR...
QUI STRAUSS AIMAIT VRAIMENT...
ET CE QUI L'A POUSSÉ À LAISSER TOMBER TOUT CE QU'IL AVAIT LE DEVOIR DE PROTÉGER, EN TANT QUE ROI...

LE COMBAT QU'IL MÈNE N'A AUCUNE VALEUR...
MÊME S'IL RÉUSSIT À BRISER LE SCEAU...
SPLASH
IL NE RETROUVERA JAMAIS L'ÉTOILE QU'IL A PERDUE !
QUE VEUX-TU DIRE ?

PARDON-NEZ-MOI DE VOUS INTERROM-PRE...
MAIS... TU VIENS DE DIRE QUE LE ROI VAMPIRE N'AIMAIT PAS SON ÉPOUSE ?
OUI, TU AS BIEN ENTENDU !
TAC
AKABARA N'ÉPROUVE AUCUN AMOUR POUR LA REINE...
MAIS PEU IMPORTE : TANT QU'IL CONTINUERA À SOUHAITER SON RETOUR ...
NOUS DEVRONS LE TUER !
FLAP
LA SITUATION N'A PAS CHANGÉ.
À MOINS QUE...
TU AIES SOUDAIN DES SCRUPULES ?
...

QUELS QUE SOIENT LES SENTIMENTS D'AKABARA...
TA RÉSOLUTION NE DOIT PAS FAIBLIR, APRÈS TOUT IL A TUÉ LA FEMME QUE TU AIMES !
ÇA VAUT AUSSI POUR TOI...
TU SAIS, J'AI ENTENDU UNE RUMEUR AMUSANTE...
TCHF
IL PARAÎT QU'AUTREFOIS, STRAUSS T'A ÉLEVÉE COMME SA PROPRE FILLE...
ET QU'À UNE ÉPOQUE, TU AURAIS MÊME ÉTÉ SA MAÎTRESSE !
!!

TU PEUX M'EXPLIQUER...
CE QUE TU NOUS CACHES ?!
C'EST AKABARA QUI M'A ÉLEVÉE, C'EST VRAI...
DEPUIS LE MOMENT OÙ J'AI ÉTÉ CONFIÉE À LUI, À L'ÂGE DE DIX ANS...
JUSQU'AU JOUR OÙ LE ROYAUME DE LA NUIT A ÉTÉ ANÉANTI...
J'AI TOUJOURS ÉTÉ À SES CÔTÉS...
MAIS PAS UNE SEULE SECONDE JE N'AI ÉTÉ SON AMANTE...

POUR LUI, JE N'AI JAMAIS RIEN ÉTÉ D'AUTRE QUE SA CHÈRE PETITE FILLE...
TAC
SI VOUS VOULEZ CONNAÎTRE LA VÉRITÉ, VOUS N'AVEZ QU'À DEMANDEZ DIRECTEMENT À L'INTÉRESSÉ !
KANA CAFE

ALORS VOUS VERREZ DE VOS PROPRES YEUX...
LA SOMBRE HAINE QUI VIT EN LUI !
KAYUKI...
KAYUKI !
ÇA NE VA PAS ?
DÉSO-LÉE...
CE N'EST RIEN...
LE ROI VAM-PIRE N'AIME PAS SON ÉPOUSE...

SI C'EST BIEN LA VÉRITÉ...
NOS PLANS RISQUENT DE S'EN RETROUVER BOULEVERSÉS...
TAC
LAIS-SE-MOI DEVINER...
BRIDGET T'A PORTÉ UN SACRÉ COUP...
ALORS ?
EUH ...
TU AS QUELQUE CHOSE À ME DEMANDER ?

TAP
EST-IL VRAI QUE TU N'ÉPROUVES PAS D' AMOUR ...
POUR LA REINE ADELHEID ?
AVANT DE DEVENIR ROI...
À L'ÉPOQUE OÙ J'ÉTAIS ENCORE GÉNÉRAL EN CHEF DU ROYAUME DE LA NUIT...
J'AI PERDU CELLE QUI ÉTAIT MON ÉTOILE...
FSH

UNE HUMAINE DE 18 ANS...
STELLA.
SI ELLE AVAIT VÉCU UN MOIS DE PLUS...
ELLE AURAIT MIS AU MONDE NOTRE ENFANT...
TAC
CELLE QUE J'AIMAIS, CELLE QUI ÉTAIT TOUT POUR MOI ...
ÇA N'A JAMAIS ÉTÉ ADELHEID...
MAIS STELLA, ELLE ET ELLE SEULE !

UNE HUMAINE …
PRÉNOMMÉE STELLA ?
OUI…
LA SEULE PERSONNE QU'AKABARA AIT JAMAIS VRAIMENT AIMÉE AVAIT 18 ANS À L'ÉPOQUE …
ELLE S'APPELAIT STELLA HEIZELBERG !
ET S'IL NE S'ÉTAIT RIEN PASSÉ, ELLE AURAIT DONNÉ NAISSANCE À LEUR ENFANT !

QUOI ?!
ELLE ÉTAIT ENCEINTE DE LUI ?!
ATTENDS... QU'EST-CE QUE TU VEUX DIRE PAR...
“S'IL NE S'ÉTAIT RIEN PASSE” ?
STELLA A ÉTÉ ASSASSINÉE PEU AVANT LE TERME DE SA GROSSESSE.
PAS SEULEMENT ELLE, D'AILLEURS...
POUR QUE PERSONNE N'AIT LA MOINDRE CHANCE DE SAUVER LE BÉBÉ QU'ELLE PORTAIT...
ON LES A SAUVAGEMENT DÉCHIQUETÉS TOUS LES DEUX !
中華
RAMEN
RAMEN
KEY

L'ŒUF EST UN CADEAU DE LA MAISON !
TOC
OH !
MERCI !
QUAND MÊME, ÇA ME FAIT UN DRÔLE D'EFFET, TOUS CES LIENS CACHÉS...
D'ABORD RENKA ET LE CYGNE NOIR...
ET MAIN-TENANT BRID-GET...
NOUILLES CHINOISES
ELLE EST LA SEULE À AVOIR VÉCU SOUS LE RÈGNE D'AKABARA...
NOUS QUI N'ÉTIONS PAS NÉS À CETTE ÉPO-QUE, NOUS NE POUVONS PAS SAVOIR CE QUI S'EST RÉELLEMENT PASSÉ...
TOC
TOC
TOC
JE ME DEMANDE SI L'HISTOIRE QU'ON NOUS A RACONTÉE S'ARRÊTE VRAI-MENT LÀ.

CES ÉVÉNEMENTS LOINTAINS...
CONTINUENT À NOUS TOURMENTER, AUJOURD'HUI ENCORE...
MAIS AU FINAL, PERSONNE NE CONNAÎT ...
LA CRUELLE VÉRITÉ.
QUAND STELLA A ÉTÉ ASSASSINÉE...
PSHH
POUR DES RAISONS POLITIQUES...
TAC
IL A FALLU RENONCER À CHERCHER LE COUPABLE.
CE FUT UNE DÉCISION TERRIBLE À PRENDRE POUR STRAUSS...

TUUUT
À PARTIR DE CE JOUR-LÀ...
SON CŒUR S'EST VIDÉ DE TOUTE ÉMOTION...
RRMM
CINQ ANS PLUS TARD...
IL ÉPOUSA LA REINE ADELHEID, COMME LE SOUHAITAIT DEPUIS LONGTEMPS SON ENTOURAGE...
ET MONTA SUR LE TRÔNE.
MAIS DIX ANS PASSÈRENT, ET CERTAINS ÉVÉNEMENTS...
CONDUISIRENT NON SEULEMENT LES HUMAINS DES AUTRES PAYS, MAIS AUSSI LES VAMPIRES, À LE CRAINDRE.
TCHF
LES ANCIENS DU ROYAUME DE LA NUIT COMPLOTÈRENT ALORS SON ASSASSINAT ...

LORS-QU'IL APPRIT...
QU'ILS AVAIENT PRIS ADELHEID EN OTAGE...
IL SE LAISSA EMMENER SANS OPPOSER LA MOINDRE RÉSISTANCE.
COMME, DE TOUTE FAÇON, IL N'ÉTAIT PLUS QU'UNE COQUILLE VIDE...
IL SE SERAIT SÛREMENT RENDU BIEN SAGEMENT MÊME DANS D'AUTRES CIR-CONSTANCES...
EXCEPTÉ QUE C'EST JUSTEMENT À CE MOMENT-LÀ...
QU'IL A DÉCOUVERT L'IDENTITÉ DE L'ASSASSIN DE STELLA !

NOTRE ENFANT A ÉTÉ TUÉ...
AVANT MÊME DE VENIR AU MONDE...
CE N'EST QUE 15 ANS PLUS TARD QUE J'AI APPRIS QUI AVAIT OSÉ S'EN PRENDRE À CELLE QUE J'AIMAIS...
LA COUPABLE ...
POF
N'ÉTAIT AUTRE QU'ADELHEID !
FLAP
FLAP
C'EST LA REINE EN PERSONNE...
QUI AVAIT ASSASSINÉ STELLA !

ELLE AIMAIT TANT AKABARA...
QUE LE DÉPIT ET LA JALOUSIE L'AVAIENT POUSSÉE À COMMETTRE CE MEURTRE ATROCE !
TAC
TAC
DÈS LORS...
LE ROI VAMPIRE N'A PLUS VÉCU QUE POUR SE VENGER !
SI ADELHEID A PERDU LE CONTRÔLE DE SA PUISSANCE MAGIQUE, CE N'EST PAS PARCE QU'ELLE A PANIQUÉ EN VOYANT SON ÉPOUX EN DANGER...
MAIS PARCE QU'ELLE ÉTAIT TERRORISÉE À L'IDÉE QU'IL LA TUE !

MÊME QUAND ADELHEID FUT EMPRISONNÉE, HORS DE SA PORTÉE...
AKABARA NE RENONÇA PAS À SA VENGEANCE !
STRAUSS... NE ME DIS PAS...
QU'AU FINAL, TON OBJECTIF...

IL A ABANDONNÉ SANS HÉSITER TOUT CE QU'IL ÉTAIT CENSÉ PROTÉGER...
POUR METTRE LA MAIN SUR SON ÉPOUSE...
ALORS SI LE ROI VAMPIRE VEUT LIBÉRER LA REINE...
C'EST POUR...

ET, DÈS QU'IL AURA TROUVÉ LE BON SCEAU, IL ARRACHERA ADELHEID À SA PRISON...
LUCK

ET LA TUERA DE SES PROPRES MAINS !

CHAPITRE 11 : LE MAL NE ME FAIT PAS PEUR

CHAPITRE 11
LE MAL NE ME FAIT PAS PEUR
SI TU NE FAIS RIEN, LA RACE DES VAMPIRES S'ÉTEINDRA !

SI...
TU REPRENAIS TA PLACE À NOTRE TÊTE, NOUS POURRIONS NOUS EN RE-LEVER !
TON PEUPLE TE SUIVRAIT !!
MAIS TOI...
TU ES PRÊT À TOUT ABANDONNER, JUSTE POUR TUER ADELHEID, ALORS QUE TU NE SAIS MÊME PAS OÙ ELLE SE TROUVE...
TOUT ÇA POUR VENGER LA MORT DE STELLA ?!
JE TE L'AI DÉJÀ DIT, BRIDGET ...
CLING
JE NE LAISSERAI PERSONNE ME BARRER LA ROUTE, PAS MÊME TOI !

LES HUMAINS TE POURCHASSERONT...
ILS VOUDRONT TE TUER !
RIEN NE M'ARRÊTERA !
SI TU TOURNES LE DOS À TON PAYS MAINTENANT, MÊME LES VAMPIRES SE RETOURNERONT CONTRE TOI !
FSSHHH
FLAP
TU NE CONNAÎTRAS PLUS QUE LA SOLITUDE...
CRAC
TU NE SERAS EN PAIX NULLE PART...
ET QU'EST-CE QU'IL TE RESTERA, UNE FOIS TA VENGEANCE ACCOMPLIE ?!
...
STELLA...
ÉTAIT TOUT POUR MOI...

J'AI TOUT PERDU QUAND ELLE A ÉTÉ TUÉE...
JE N'AI PLUS RIEN À PROTÉ-GER...
PAS MÊME TOI, BRIDGET !
FLAP
TU...
N'ES PAS STRAUSS ...
PLOC
PLOC
PLOC
FSH
LE STRAUSS QUE JE CONNAIS NE DIRAIT JAMAIS UNE CHOSE PAREILLE !
CRR
MON STRAUSS ...
MON STRAUSS ...
CRR

NE M'AURAIT ...
JAMAIS TRAHIE !!
IL EN SERAIT INCAPA-BLE !!
GH...
AH...
CLIIING

SPLARF
JE...
RE-TROUVERAI ADELHEID ...
ET JE LA TUERAI DE MES PROPRES MAINS !

ARGH...
PLAF
QUEL QUE SOIT LE TEMPS QUE ÇA PRENDRA...
ELLE VA PAYER POUR M'AVOIR ENLEVÉ STELLA !
FSH
J'ÉCRASERAI TOUS CEUX QUI SE METTRONT EN TRAVERS DE MON CHEMIN !
AH...
TAP
AAAH...
CRR
CRR
GH...
NON...
STR...

HIUUU
FIUUU
ROI VAMPIRE...
TU AS ABANDONNÉ TON PAYS ET TON PEUPLE POUR ASSOUVIR UNE VENGEANCE STÉRILE ?
QUEL QUE SOIT MON BUT, LE RÉSULTAT EST LE MÊME...
TAC
JE CHERCHE LES SCEAUX POUR LES DÉTRUIRE ...
ET J'ABATS TOUS CEUX QUI ME BARRENT LA ROUTE !
TAP
ÇA NE CHANGE RIEN À NOTRE RELATION, IL ME SEMBLE...
...

QUE S'EST-IL PASSÉ D'AUTRE, IL Y A MILLE ANS ?
FRRRRR
QU'EST-CE QUE TU NOUS CACHES ?
CLAC
TOI NON PLUS, TU NE ME DIS PAS TOUT...
JE NE VOIS DONC PAS POURQUOI JE SERAIS TENU DE TOUT TE RACONTER...

EH !
FSHHH
CYGNE NOIR !!
QU'EST-CE QUI TE PREND ?
JE CROYAIS QUE MA MORT N'ARRANGEAIT PAS VOS AFFAIRES !
CRR
VLAM

RÉPONDS À MA QUESTION !
PEUT-ÊTRE SERAIS-TU PLUS COOPÉRATIF ...
SI JE T'ARRACHAIS LES YEUX ?
VSH
DÉSESPÉRANT...
FSH

SI TU CROIS ME FAIRE PEUR DE CETTE FAÇON...
C'EST QUE TU N'ES VRAI-MENT QU'UNE GAMINE INSI-GNIFIANTE !
FSHHHH
CRSH
CRSH
CRSH
FSH
OUI, MON BUT EST LA VENGEANCE... ON DIRAIT QUE ÇA VOUS POSE PRO-BLÈME ?
NOUS NE POUVONS PAS TE LAISSER TUER LA REINE !

HMM... VOILÀ QUI M'ARRANGE !
TAP
JE VAIS ME REPOSER DANS MA CHAMBRE !
TAP
JE ME DEMANDE SUR QUI VEILLE LA LUNE...

CRR
ÇA NE VA PAS DU TOUT !
IL RISQUE...
DE FAIRE TOMBER NOS PLANS À L'EAU !
POURQUOI NOUS AS-TU CACHÉ...
QUE L'OBJECTIF D'AKABARA N'ÉTAIT QU'UNE VULGAIRE VENGEANCE ?

TSS !
QUE POUVAIS-JE FAIRE D'AUTRE ?
À L'ÉPOQUE, LES SEULS À CONNAÎTRE LA VÉRITÉ...
ÉTAIENT STRAUSS, ADELHEID ET MOI...
TOUS LES AUTRES SEMBLAIENT PERSUADÉS QUE LE ROI ET LA REINE S'AIMAIENT...
AVANT QUE JE PUISSE RÉVÉLER CE QUI S'ÉTAIT RÉELLEMENT PASSÉ, UNE AUTRE VERSION AVAIT FAIT SON CHEMIN ET S'ÉTAIT IMPOSÉE DANS LES ESPRITS !
RÉTABLIR LA VÉRITÉ AURAIT SEMÉ LA CONFUSION...
ÇA N'AURAIT SERVI À RIEN...
QUELLES QUE SOIENT LES INTENTIONS D'AKABARA, LE RÉSULTAT EST LE MÊME, ALORS AUTANT GARDER POUR MOI CE QUE JE SAVAIS...

C'EST VRAI...
LA JOLIE FABLE SELON LAQUELLE IL VOULAIT DÉLIVRER SA CHÈRE ET TENDRE EST JUSTE DEVENUE UNE SORDIDE HISTOIRE DE VENGEANCE...
CLIC
POUR MOI, ÇA NE CHANGE RIEN !
PAS DE QUOI EN FAIRE UN PLAT...
ÇA VEUT JUSTE DIRE QU'IL EST POURRI JUSQU'À LA MOELLE !
TIC
TAC
TU PEUX PARLER, TOI !
QUOI ?
TU NE SAISIS PAS ?
TAC

VOUS ÊTES PAREILS, AKABARA ET TOI !
QUE CE SOIT POUR STELLA OU POUR YUKI KOMATSU-BARA...
VOUS ÊTES TOUS LES DEUX EN TRAIN DE GÂCHER VOTRE VIE... POUR DEUX FEMMES MORTES, PER-DUES À JAMAIS !
VOUS ÊTES LE REFLET L'UN DE L'AUTRE !
!
CLANG

EN LE POURCHASSANT, C'EST TA PROPRE IMAGE QUE TU POURSUIS !
S'IL EST POURRI, COMME TU LE PRÉTENDS, TU L'ES AUSSI !
SI TU CONSIDÈRES QU'IL EST ACCEPTABLE D'ABANDONNER LES TIENS POUR ASSOUVIR TA VENGEANCE...
ALORS QUE TU NE VAUX PAS MIEUX QUE LUI !
QU'EST-CE QUE TU RACONTES ?
C'EST RIDICULE !
TIENS ! VOILÀ JUSTEMENT LE MOT QUE JE CHERCHAIS !
C'EST RIDICULE DE RESSASSER LE PASSÉ !
ET TOI QUI NE T'EN RENDS COMPTE QUE MAINTENANT, TU L'ES ENCORE PLUS !

KANA BAR
NE T'ATTAQUE PAS AU ROI VAMPIRE DE TON PROPRE CHEF !
SI NOUS COMMETTONS LA MOINDRE ERREUR, LES HUMAINS POURRAIENT BIEN EXTERMINER LE RESTE DE NOTRE COMMUNAUTÉ !
RESPECTE MES INSTRUCTIONS !
TIC
TAC
CRR
CRAAAC

CRAAASH
QU'EST-CE...
QUI ME PREND ?
IL NE MANQUAIT PLUS QUE ÇA !
LE BUT DU ROI VAMPIRE EST DONC DE SE VENGER DE LA REINE...
C'EST TRÈS MAUVAIS POUR NOUS !
OUI... IL FAUT FAIRE QUELQUE CHOSE...
JE NE VOIS PAS D'AUTRE SOLUTION QUE DE POUSSER LES DHAMPIRES...
À COLLABORER AVEC NOUS POUR MAÎTRISER LE ROI VAMPIRE...

HMM...
L'ENNUI, C'EST QUE LADY BRIDGET N'EST PAS FACILE À METTRE AU PAS...
VOUS PENSEZ QU'ELLE RISQUE AU CONTRAIRE DE NOUS MENER À LA BAGUETTE ?
C'EST FORT POSSIBLE...
MAIS L'HEURE N'EST PLUS À LA PRUDENCE !
ELLE AUSSI A ÉTÉ TRAHIE PAR LE ROI VAMPIRE...
JE LA PLAINS...

QUE VAS-TU FAIRE, MAINTENANT ?
RIEN NE T'OBLIGE À PRENDRE PART À UNE VENGEANCE STÉRILE, IL ME SEMBLE ...
PFF...
NE FAIS PAS CELLE QUI SAIT TOUT, FILLETTE !
QUELLE RÉPARTIE, MALGRÉ LA TRAHISON DU ROI VAMPIRE !
JE TE DIS DE NE PAS PARLER DE CE QUE TU NE COMPRENDS PAS !
C'EST VRAI QUE J'AI ÉTÉ SURPRISE ...
CEPENDANT, STRAUSS N'EST PAS COMME RENKA !
?!
SI SON BUT ÉTAIT UNIQUEMENT DE VENGER CETTE STELLA...
IL NE VAUDRAIT PAS MIEUX QUE LUI...

MAIS ILS N'ONT RIEN EN COMMUN !
RENKA EST OBSÉDÉ PAR LA VENGEANCE...
IL DÉGAGE TOUJOURS UNE AURA D'AUTO-DESTRUCTION
ALORS QUE STRAUSS, LUI...
SOURIT NATURELLEMENT, PLAISANTE...
ET, DE TEMPS EN TEMPS, JE LE SURPRENDS À REGARDER AU LOIN, L'AIR TRISTE...
JE NE SAIS PAS CE QUI S'EST PASSÉ JADIS...
MAIS STRAUSS N'A RIEN À VOIR AVEC RENKA !
TAP

C'EST POUR ÇA QUE JE SAIS...
QU'IL A D'AUTRES AMBITIONS, PLUS COMPLEXES...
EN CLAIR, TU PRÉTENDS QUE BRIDGET A MENTI POUR NOUS DÉSTABILISER ?
NON, SA DOULEUR ÉTAIT BIEN RÉELLE... ELLE ÉTAIT SINCÈRE !
FRR
FRR
DE SON POINT DE VUE, IL S'AGISSAIT DE LA STRICTE VÉRITÉ !
FRR
QUE VEUX-TU DIRE ?
IL N'Y A QU'UNE SEULE VÉRITÉ !
ES-TU VRAIMENT SI NAÏVE ?!
HÉ HÉ !
ON A TOUS DES SECRETS INAVOUABLES !
ET TOI, TU VOUDRAIS QUE STRAUSS TE DÉVOILE LES SIENS ? MAIS POUR QUI TU TE PRENDS ?!

JE RESTE À SES CÔTÉS !
VOILÀ MA VÉRITÉ !

...
TU ES BIEN SÛRE DE TOI, POUR QUELQU'UN QUI NE CONNAÎT LE ROI VAMPIRE QUE DEPUIS QUELQUES DIZAINES D'ANNÉES...
J'ACCORDE DAVANTAGE DE FOI AUX PAROLES DE BRIDGET, QUI L'A COMBATTU PENDANT PLUS D'UN MILLÉNAIRE !
QUEL RAISONNEMENT SIMPLISTE !
PFF...
QU'EST-CE QUE TU EN PENSES, TOI, PERSONNELLEMENT ?!
TU AS HÉRITÉ DE LA MÉMOIRE DES GÉNÉRATIONS PRÉCÉDENTES DE CYGNES NOIRS, NON ?
COMMENT EST STRAUSS DANS LES SOUVENIRS DE CES 49 PERSONNES ?
QUELLE TÊTE FAIT-IL ?
COMMENT EST SON REGARD ?
RÉFLÉCHIS-Y ! IL N'Y A QUE COMME ÇA QUE TU TROUVERAS TA VÉRITÉ À TOI !
...

SI TU LAISSES LES AUTRES PENSER À TA PLACE...
TU VAS ENCORE TE METTRE DANS TOUS TES ÉTATS POUR RIEN !
PLOC
PLOUF
MA...
VÉRITÉ, HEIN...
TIING
...
LA MÉMOIRE DES 49 FEMMES POSSÉDÉES PAR LE CYGNE NOIR...
PUIS TUÉES PAR LE ROI VAMPIRE...

ÉTONNANT... MÊME DU TEMPS DE LA PREMIÈRE INCARNATION DU CYGNE NOIR...
IL N'Y AVAIT PAS LE MOINDRE SOUPÇON DE HAINE DANS LE REGARD DU ROI VAMPIRE !
ET CETTE EXPRESSION DE TRISTESSE, À CHAQUE FOIS QU'IL TUE UN HÔTE...
QU'EST-CE QUE ÇA SIGNIFIE ?
SI CES SOUVENIRS SONT EXACTS, LE ROI VAMPIRE...

...
LE ROI
VAMPIRE
EST...

DZT
GH...
PLAF
LES SOUVENIRS DE 49 PERSONNES...
ÇA FAIT BEAUCOUP À ASSIMILER D'UN SEUL COUP... L'EFFORT DOIT ÊTRE TROP INTENSE POUR MON CERVEAU ...
MAIS...
QU'A DONC FAIT LE ROI VAMPIRE...
IL Y A MILLE ANS ?

STRAUSS ...
JE T'AI APPORTÉ UN AUTRE GÂTEAU...
VU QUE LE PREMIER A ÉTÉ ÉCRASÉ AVANT QUE TU AIES FINI DE LE MANGER !
...
ENCORE EN TRAIN DE CONTEMPLER CE MACHIN ?!
JE CROYAIS QUE ÇA APPARTENAIT À LA REINE ADELHEID, MAIS EN FAIT, QU'EST-CE QUE C'EST ?
LA PREUVE QU'ADELHEID A TUÉ CELLE QUE J'AIMAIS ...

GLOU
J'AVAIS OFFERT CE PRÉSENT À STELLA...
GLOU
HMM...
GLOU
TU SAIS, TU N'ES PAS OBLIGÉ DE TOUT ME RACONTER !
TOC
J'AI DÉJÀ DÉCIDÉ DE RESTER AVEC TOI !
FAIS COMME TU VEUX ...
MAIS AU-TREFOIS, J'AI TRANSPERCÉ DE CES MAINS LA POITRINE DE BRIDGET, MA FILLE BIEN-AIMÉE...
J'AI TRAHI CELLE QUI ÉTAIT RESTÉE À MES CÔTÉS JUSQU'AU BOUT...
ALORS MÉFIE-TOI, PEUT-ÊTRE QU'UN JOUR, CE SERA TON TOUR, LAETIE ...

TU FERAIS MIEUX DE FAIRE ATTENTION À CE QUE TU DIS EN DORMANT ...
IL N'Y A PAS SI LONGTEMPS, JE T'AI ENTENDU GÉMIR DANS TON SOMMEIL...
TU DEMANDAIS PARDON À BRIDGET ...
MAINTENANT, JE SAIS POURQUOI !
...
BON, J'Y VAIS !
N'HÉSITE PAS À M'APPELER EN CAS DE BESOIN !
PFF...
BON SANG...
JE DOIS VRAIMENT ÊTRE DEVENU GÂTEUX !
MAIS...

JE N'AI PAS LE DROIT DE FAIBLIR...
JE SAVAIS DEPUIS LE DÉBUT CE QUI M'ATTENDAIT...

VAMPIRE CHRONICLES

LA LÉGENDE DU ROI DÉCHU

CHAPITRE 12 : ÉCHO TROMPEUR
ES-TU SEULEMENT CAPABLE DE SOURIRE, EN CE MOMENT ?
QU'EST-CE QUI ME POUSSE À ME BATTRE ?
FRRR.
VOUS ÊTES PAREILS, AKABARA ET TOI !
QU'EST-CE QUI M'A ÉTÉ...
TAP
ARRACHÉ ?

CHAPITRE 12 : ÉCHO TROMPEUR
50

COMMENT OUBLIER...
CETTE ODEUR, CETTE SENSATION...
CETTE...
DOULEUR À EN FAIRE PERDRE LA RAISON ?!
BABOM
BABOM
JE N'EN AI RIEN À FAIRE DE LA VÉRITÉ !
JE TUERAI AKABARA...
BABOM
CE N'EST PAS MAINTENANT QUE JE VAIS COMMENCER À DOUTER !

J'AIMERAIS BIEN TE VOIR SOURIRE, DE TEMPS EN TEMPS !
C'EST TOUT CE QUE JE TE DEMANDE !
BABOM
MERDE...
MERDE...
MERDE...
CLIC
CLIC
MERDE !!!

!!
KANA
FÛ...
FÛHAKU ?
TIENS...
RENKA !
CLANG
がしゃん
VIENS MANGER UN MORCEAU, SI TU N'AS RIEN D'AUTRE À FAIRE !
OFFERT PAR LA MAISON !

LA NUIT EST DE NOUVEAU LÀ...
C'EST L'HEURE OÙ LE ROI VAMPIRE SE RÉVEILLE...
LA PÉRIODE PENDANT LAQUELLE JE DOIS RESTER VIGILANTE.
SOIS SAGE PENDANT MON ABSENCE !
POF
JE T'ACHÈTERAI UN JOLI RUBAN !
BAM

EST-CE BIEN POUR SE VENGER QUE LE ROI VAMPIRE...
RECHERCHE SON ÉPOUSE ?
DE NOMBREUX ÉLÉMENTS VONT DANS CE SENS...
CEPENDANT...
LA MÉMOIRE DU CYGNE NOIR...
LES SOUVENIRS QUI M'ONT ÉTÉ TRANSMIS...
N'ONT PAS L'AIR DE COLLER AVEC CETTE THÈSE...

DZT
GH...
AAAH...
PLUS ÇA VA, ET PLUS LA SITUATION DEVIENT COMPLEXE
...
MAIS ALORS...
QUELLES SERAIENT LES VÉRITABLES INTENTIONS DU ROI VAMPIRE ?
GUIDE HEBDO
20XX
Résultats sportifs
OÙ SORTIR ?
100
Sources thermales

...
TU VAS BEAUCOUP MIEUX, À CE QUE JE VOIS !
EFFECTIVEMENT...
MES BLESSURES SONT GUÉRIES ET J'AI RECOUVRÉ UN TIERS DE MA PUISSANCE MAGIQUE...
GUIDE HEBDO
TOC
MAIS DIS-MOI, TU NE SAURAIS PAS OÙ EST LAETIE, PAR HASARD ?
J'AI L'IMPRESSION QU'ELLE EST SORTIE...
ELLE EST PARTIE POUR DE BON... ELLE NE SUPPORTAIT PLUS TON MANQUE D'HONNÊTETÉ...
AH BON...
JE VAIS ENFIN POUVOIR ME LAISSER ALLER, ALORS !
JE PLAISANTAIS.
FRR

すとん
POF
ELLE ACCOMPAGNE MON GRAND-PÈRE À SON RENDEZ-VOUS AVEC BRIDGET.
ELLE RENTRERA QUAND ILS AURONT FINI...
パサ
PLAF
SACRÉE LAETIE ! ELLE SE REND UTILE SANS QUE J'AIE À LE LUI DEMANDER !
ELLE EST TA SEULE ET UNIQUE ALLIÉE, TU SAIS...
TU DEVRAIS PRENDRE UN PEU PLUS SOIN D'ELLE !
JE N'AI JAMAIS DEMANDÉ À AVOIR QUELQU'UN AUPRÈS DE MOI...
CLAC
カチャリ
SI JE DÉTESTAIS LA SOLITUDE, JE N'AURAIS PAS ABANDONNÉ MON PEUPLE ET MON ROYAUME...
À CE MOMENT-LÀ, SI JE L'AVAIS SOUHAITÉ...

J'AURAIS PU GARDER BRIDGET À MES CÔTÉS ...
ET ME RALLIER TOUS LES DHAMPI-RES !
ET POURQUOI EN AS-TU DÉCIDÉ AUTRE-MENT ?
PARCE QUE LA SEULE QUE JE VOULAIS AVOIR AUPRÈS DE MOI...
C'ÉTAIT STELLA...
IL N'Y A RIEN AU MONDE QUI PUISSE COMBLER LE VIDE QU'ELLE A LAISSÉ EN MOI...
PLUS JE ME SERAIS CONSACRÉ À MON PAYS, À MON PEUPLE ET À MA FILLE, COMME POUR L'OUBLIER...
PLUS SA PERTE SE SERAIT FAIT SEN-TIR...

TAP
IL EST TELLEMENT PLUS CONFORTABLE...
DE SE LANCER SEUL DANS CE GENRE DE QUÊTE, AUSSI STÉRILE SOIT-ELLE !
J'AI DÉCOUVERT QUI J'ÉTAIS VRAIMENT, AU-DELÀ DU GÉNÉRAL, DU ROI OU DU VAMPIRE...
QUAND J'AI RENCONTRÉ STELLA...
J'AVAIS TROUVÉ UNE LUNE QUI NE BRILLAIT QUE POUR MOI !
JE SUIS TORTURÉ PAR LES TÉNÈBRES QUI L'ONT REMPLACÉE...
INCAPABLE D'OUBLIER SON ÉCLAT...
SI...
JE NE L'AVAIS JAMAIS RENCONTRÉE...
J'AURAIS SANS DOUTE VEILLÉ SUR MON PEUPLE ET MON PAYS JUSQU'AU BOUT...

JE ME SERAIS DONNÉ CORPS ET ÂME POUR SAUVER LES MIENS...
J'AURAIS PU RESTER CE DISPOSITIF APPELÉ "ROI", AVEC POUR SEULE FONCTION DE PROTÉGER SES SUJETS...
PLOUF
MAIS VOILÀ : JE L'AI RENCONTRÉE...
PUIS ON ME L'A ARRACHÉE...
ON LES A ASSASSINÉS, ELLE ET L'ENFANT QU'ELLE ATTENDAIT DE MOI...
ET LA MEURTRIÈRE N'ÉTAIT AUTRE QUE CELLE QUI AVAIT ÉTÉ MON ÉPOUSE PENDANT DIX ANS...
DÈS LORS, COMMENT AURAIS-JE PU CONTINUER À ÊTRE UN DISPOSITIF DÉPOURVU DE SENTIMENTS ?

ALORS...
IL AURAIT BEL ET BIEN L'INTENTION DE SE VENGER ?
...
ASSEZ PARLÉ DE MES ÉTATS D'ÂME !
C'EST PLUS AMUSANT DE TE LAISSER TE DÉBATTRE AVEC TES INCERTITU-DES !
FSH
!
CRR
JE NE COMPRENDS PAS..!

MOI QUI ÉTAIS CLAIREMENT EN POSITION DE FORCE...
COMMENT UN SIMPLE PETIT DOUTE A-T-IL PU ME DÉSTABILISER À CE POINT ?
...
C'EST OPPRESSANT DE RESTER ENFERMÉ ICI PLUSIEURS JOURS D'AF-FILÉE...
QUE DIRAIS-TU...
D'ALLER MANGER QUELQUE PART, KAYUKI ?
...
FLAP
PARDON ?
IL Y A PLEIN DE BONS RESTAURANTS, EN VILLE !

SUSHIS KANATO
POUR-QUOI...
CHOISIS-SEZ-VOUS TOUJOURS DES ENDROITS AUSSI INCON-GRUS, LADY BRIDGET ?
DIT-IL, ALORS QU'IL PORTE LUI-MÊME UN MASQUE PLUS QU'IN-CONGRU...
QUI, COMBLE DU RIDICULE, L'EMPÊCHE DE MANGER !
AH ! VOILÀ LES ANGUILLES !
BON APPÉTIT ! ♡
CLAC

SUSHIS KANATO
CELA DIT, JE SUIS IMPRESSIONNÉE...
QU'IL NE VOUS AIT FALLU QUE DEUX NUITS POUR DÉMANTELER ENTIÈREMENT UN PÉRIMÈTRE MILITAIRE DE CETTE ENVERGURE...
DÎNER À VOLONTÉ
2500 YENS PAR PERSONNE (1 H)
JE PENSAIS QUE VOUS LAISSERIEZ PEUT-ÊTRE QUELQUES SATELLITES-ESPIONS, PAR DÉPIT...
MAIS VOUS LES AVEZ RETIRÉS AUSSI. C'EST PARFAIT !
JE PRÉFÈRE ÉVITER TOUTE MALADRESSE QUI POURRAIT VOUS FROISSER...
COMME VOTRE COOPÉRATION ME SERA ABSOLUMENT INDISPENSABLE POUR SURMONTER LES DIFFICULTÉS À VENIR...
JE TENTERAI DE RÉPONDRE FIDÈLEMENT À VOS EXIGENCES.
OH...
MAIS C'EST QU'ON A APPRIS À FAIRE PROFIL BAS !
CE N'EST PAS DÛ QU'À MES MENACES, N'EST-CE PAS ?

APPAREMMENT, ÇA NE LES ARRANGE PAS DU TOUT QUE STRAUSS VEUILLE TUER LA REINE ADELHEID !
もぐ MIAM
モガ MIAM
モガ MIAM
C'ÉTAIT QUELQUE CHOSE ! LE CYGNE NOIR ÉTAIT DANS TOUS SES ÉTATS !
JE VOIS...
HA HA !
C'EST DONC POUR ÇA QUE TU FAISAIS RECHERCHER LES EMPLACEMENTS DES SCEAUX SUR TOUTE LA PLANÈTE...
TU AS ÉGALEMENT BESOIN DE LA PUISSANCE DE LA LUNE CORROSIVE !
...
S'IL VOUS PLAÎT ! UNE SOUPE AU CRABE !
ÇA VIENT !
MAIS POURQUOI CETTE PETITE...
EST-ELLE ENCORE DU CÔTÉ DE STRAUSS ?
IL AURAIT RÉUSSI À L'EMBOBINER ?

IL A TOUJOURS ÉTÉ UN EXCELLENT BARATINEUR...
TSS !
TROIS ASSIETTES D'OURSINS, S'IL VOUS PLAÎT !
TOC
ET TROIS ASSIETTES D'OURSINS, TROIS !
?
C'EST PRÉMATURÉ, MAIS JE VAIS TOUT VOUS RACONTER...
JE VOUS DIRAI...
POURQUOI J'AI BESOIN DU ROI ET DE LA REINE DES VAMPIRES...
ET POURQUOI JE N'OSAIS PAS VOUS EXPOSER MES RAISONS !
MAIS AVANT, J'AIMERAIS QUE VOUS M'EXPLIQUIEZ UNE CHOSE...

QUE SONT AU JUSTE...
LES VAMPIRES ?
POUR LES HUMAINS, ILS ÉVOQUENT...
DES DÉMONS À L'APPARENCE HUMAINE, IMMORTELS ET DOTÉS DE POUVOIRS SURNATURELS...
QUI VOUS SUCENT LE SANG AVEC LEURS CANINES ACÉRÉES.
LES CRUCIFIX LES REPOUSSENT...
ET LA LUMIÈRE DU JOUR LES DÉTRUIT...
MAIS ENTRE CE QUE KAYUKI M'A RACONTÉ ET CE QUE J'AI PU CONSTATER DE MES PROPRES YEUX...
J'AI L'IMPRESSION QUE VOUS ÊTES TRÈS ÉLOIGNÉS DE CES CLICHÉS...
HMM...
TOUT N'EST PAS FAUX POUR AUTANT !

NORMALEMENT, LES VAMPIRES DE SANG PUR SONT INSTANTA-NÉMENT RÉDUITS EN CENDRES AU CONTACT DE LA LUMIÈRE DU JOUR...
D'AILLEURS, MÊME LES DHAMPIRES...
VOIENT LEURS POUVOIRS ET LEURS APTITU-DES PHYSIQUES CONSIDÉRABLE-MENT RÉDUITS AU SOLEIL.
ET À QUEL POINT ÊTES-VOUS AFFECTÉS PAR LES CRUCIFIX ?
L'OBJET EN LUI-MÊME N'A AUCUN POUVOIR...
MAIS COMME LES ARTEFACTS EN FORME DE CROIX...
SONT CEUX QUI RETIENNENT LE MIEUX L'ÉNER-GIE SPIRITUELLE CAPABLE DE BLESSER LES VAMPIRES...
CLAC
ILS SERVENT DEPUIS DES SIÈCLES ET DES SIÈCLES D'ARMES OU DE PROTEC-TION !
CLAC
LA TRADITION N'EN A RETENU QUE L'ASPECT EXTÉRIEUR, VOILÀ TOUT !

CLAC
PAR ICI, LE PUDDING À LA MANGUE ! ♡
HEIN ?
CLAC
TU PEUX MANGER CE QUE TU VEUX...
MAIS TU NOUS ÉCOUTES, AU MOINS ?
MIAM
MAIS OUI, MAIS OUI !
ELLE EST INCORRIGIBLE...
TOC
ET UNE BIÈRE BIEN FRAÎCHE, UNE !
LA DIFFÉRENCE FONDAMENTALE ENTRE LA RÉALITÉ ET L'IMAGE QUE LES HUMAINS ONT DE NOUS, C'EST LE MYTHE DES SUCEURS DE SANG !
À MA CONNAISSANCE, AUCUN VAMPIRE...
N'A JAMAIS BU DE SANG HUMAIN...
OU RESSENTI DE PULSION LE POUSSANT À LE FAIRE...
NOUS N'AVONS PAS DU TOUT BESOIN D'EN CONSOMMER POUR SURVIVRE !
寿司

DU TEMPS DU ROYAUME DE LA NUIT, MÊME PARMI NOS ENNEMIS...
BIG!
GLACE GÉANTE !
POUR DIX PERSONNES
PERSONNE N'A JAMAIS CRAINT QU'ON LUI SUCE LE SANG !
D'AILLEURS, DEPUIS QUE STRAUSS VIT CHEZ VOUS...
IL N'A JAMAIS RÉCLAMÉ UNE SEULE GOUTTE DE SANG, N'EST-CE PAS ?
EN EFFET...
IL S'AGIRAIT DONC D'UN MYTHE CRÉÉ SUR LE TARD ?
TROP BON !
...
COMME NOS CANINES SONT PLUS DÉVELOPPÉES QUE LES VÔTRES...
JE SUPPOSE QU'APRÈS LA CATASTROPHE CAUSÉE PAR LA LUNE CORROSIVE...
QUI VOUS A DONNÉ UNE TERREUR ABSOLUE DES VAMPIRES...
VOUS NOUS AVEZ DONNÉ CETTE IMAGE DE BUVEURS DE SANG...

TOUTEFOIS, CE N'EST PAS UNIQUEMENT UNE FABLE FONDÉE SUR LA PEUR...
CAR NOS CANINES ONT BEL ET BIEN LA FACULTÉ DE POMPER LE SANG !
VOUS POSSÉDEZ DONC UNE APTITUDE QUI NE VOUS SERT À RIEN ?
PLUTÔT ÉTRANGE, NON ?
PAS SI ON CONSIDÈRE QUE LES VAMPIRES D'IL Y A UNE DIZAINE DE MILLIERS D'ANNÉES DEVAIENT SE NOURRIR DE SANG POUR SURVIVRE...
TAC
ET QUE CE BESOIN A DISPARU À MESURE QUE L'ESPÈCE ÉVOLUAIT...
BIEN QUE L'APTITUDE SOIT RESTÉE CHEZ LEURS DESCENDANTS.
UN PEU COMME L'APPENDICE CHEZ LES HUMAINS, RIEN DE PLUS !
JE COMPRENDS VOTRE MÉFIANCE...
MAIS LA RÉALITÉ EST CE QU'ELLE EST !
LES HUMAINS ET LES DHAMPIRES N'ONT PAS UNE RELATION DE PROIES À PRÉDATEURS !
NOS DEUX ESPÈCES NE SONT PAS INCOMPATIBLES...

NOUS N'AVONS AUCUNE RAISON DE NOUS FAIRE LA GUERRE !
D'AUTANT QUE DU SANG HUMAIN COULE DANS NOS VEINES !
HMM... BUVEURS DE SANG OU NON, VOTRE PUISSANCE N'EN RESTE PAS MOINS MENAÇANTE !
VIVRE ENSEMBLE NE SERAIT PAS FACILE...
MAIS JE VOUDRAIS QUE VOUS ME CONFIRMIEZ QUELQUE CHOSE...
EST-IL VRAI QU'IL EXISTE UN MOYEN POUR LES DHAMPIRES...
DE DEVENIR HUMAINS ?

ABSOLUMENT !
C'EST NOTRE SOUHAIT LE PLUS CHER À TOUS...
L'ESPOIR QUI NOUS DONNE LA FORCE DE CONTINUER LE COMBAT !
NOUS SAVONS BIEN QU'UNE COEXISTENCE SERAIT DIFFICILE...
MAIS SI NOUS DEVENONS VOS SEMBLABLES, VOUS N'AUREZ PLUS AUCUNE RAISON DE NOUS CRAINDRE !
サービス
VOUS N'ÊTES TOUT DE MÊME PAS ÉTROIT D'ESPRIT AU POINT DE REJETER DES DHAMPIRES DEVENUS HUMAINS ?
BOM
APRÈS DES SUSHIS, RIEN NE VAUT UN BON BOL DE RAMEN !
spécialité de la maison : ramen au poisson frais
EN TOUT CAS...
NOUS IGNORONS BEAUCOUP LES UNS DES AUTRES.

EN ADMETTANT QUE VOUS M'AYEZ RACONTÉ LA VÉRITÉ...
QUELQUE CHOSE ME DIT QUE LES HUMAINS SERAIENT PERDANTS, DANS CETTE HISTOIRE...
MAIS NON, RASSUREZ-VOUS...
C'EST DANS NOTRE INTÉRÊT COMMUN !
くいっ
GLOU
MAIS ÇA DÉPEND AUSSI...
DE CE QUE VOUS MANIGANCEZ !
TOC
トン
ALLEZ, IL EST TEMPS DE VIDER VOTRE SAC !
SUIVANT CE QUE VOUS ALLEZ ME DIRE, JE POURRAIS BIEN DÉCIDER DE RACCOURCIR VOTRE ESPÉRANCE DE VIE !

PAS DE MENACES, S'IL VOUS PLAÎT.
CE QUE J'AI À VOUS PROPOSER...
EST AUSSI DANS NOTRE INTÉRÊT COMMUN !
TU FAIS DU COMMERCE DANS CETTE TENUE ?
TU DOIS FAIRE FUIR LA PLUPART DES CLIENTS !
JE M'EN MOQUE ! CE N'EST QU'UN PASSE-TEMPS.
DU MOMENT QUE J'ATTIRE QUELQUES CURIEUX...

TU AS TRISTE MINE...
UN COUP DUR ?
QUELQU'UN D'AUSSI AUSTÈRE ET TERRE À TERRE QUE TOI NE POURRAIT PAS COMPRENDRE !
...
MAIS QU'EST-CE QUE...
JE FAIS ICI ?
AH...
VOILÀ ! ON Y EST !
GUIDE HEBDO
TU POURRAIS ME DEMANDER MON AVIS !

BAM
MAIS...

AKABARA !!
VSH
ON SE CALME !
!!
GH...
GRR
TU VEUX VRAIMENT CROISER LE FER AVEC MOI SANS L'AUTORISATION DE BRIDGET ?

DIS DONC ...
NE ME DIS PAS QUE TU ES VENU ICI EXPRÈS ?
FÛHAKU ...
TON STAND EST RECOMMANDÉ DANS CE GUIDE...
FLAP
CELA DIT, IL N'Y A PAS FOULE...
MAIS JE NE M'ATTENDAIS PAS À CE QUE RENKA SOIT LÀ, LUI AUSSI !
TANT MIEUX ! VOILÀ QUI VA NOUS FAIRE GAGNER DU TEMPS !
MENU
soupe miso 650 yens
soupe soja 600 yens
soupe salée 600 yens
TOC
DIS-MOI, RENKA...
TANT QUE NOUS Y SOMMES...

QUE DIRAIS-TU D'UN PETIT DUEL ?

CHAPITRE 13 : QUI SONT CES NOUVEAUX ARRIVANTS ?

LAISSE RENKA AGIR À SA GUISE...

CHAPITRE 13 :
QUI SONT CES NOUVEAUX ARRIVANTS ?
DE TOUTE FAÇON, JE DOUTE QUE TU PUISSES LES ARRÊTER !

SI RENKA TUE AKABARA, NOS RELATIONS AVEC GM VONT S'ENVENIMER, NON ?
MAIS...
LE ROI VAMPIRE N'EST PAS SI FAIBLE !
TSS !
MÊME S'IL N'AVAIT RÉCUPÉRÉ QUE 20 % DE SA PUISSANCE, IL TROUVERAIT LE MOYEN DE S'EN SORTIR !
TOUT DE MÊME ...
TU N'AS AUCUNE RAISON DE T'EN FAIRE !
CRR
PRÉVIENS-MOI QUAND ILS AURONT TERMINÉ !
ALORS TU VEUX JOUER À CE JEU-LÀ, AKABARA ?
DANS CE CAS, NOUS AUSSI, NOUS ALLONS DEVOIR PASSER À LA VITESSE SUPÉRIEURE !

NOUS SOMMES DANS UN QUARTIER D'AFFAIRES... LES ALENTOURS SONT DÉSERTS, LA NUIT...
MÊME SI VOUS DÉTRUISEZ UN OU DEUX IMMEUBLES ...
MON GRAND-PÈRE S'ARRANGERA POUR ÉTOUFFER L'INCIDENT...
VOUS POUVEZ DONC VOUS BATTRE JUSQU'À PLUS SOIF !
EH, CYGNE NOIR !
ÇA NE TE DÉRANGE PAS QUE JE LE TUE, ALORS ?
ENCORE FAUDRAIT-IL QUE TU EN SOIS CAPABLE...
TSS...
VSH

AKABARA EST LOIN D'AVOIR RÉCUPÉRÉ TOUTE SA PUISSANCE MAGIQUE !
TAC
UN SEUL COUP DE MES ÉPÉES SPIRITUELLES...
LUI SERA FATAL...
VENEZ À MOI !!
VOUF
DRAGON SOLITAIRE !
DÉMON DE FER !

TU CROIS QUE TES LAMES...
POURRONT M'ATTEINDRE ?
LE TEMPS DE LA RÉFLEXION EST PASSÉ...
COMBATTRE...
C'EST TOUT CE QUI ME RESTE !
ÉPÉES SACRÉES !!

OBÉISSEZ À MON ÉNERGIE SPIRITUELLE !!
ZIOUUUUU

JE SUIS LOIN D'EN AVOIR FINI AVEC TOI !!
CRAC

CLIIING
AKABARA !!
DISPARAIS ! HORS DE MA VUE !
特製
しじみ汁
100円
島根産
しじみ
オススメ
奏和寿司
ÇA A COMMENCÉ, ON DIRAIT...
UN MOYEN DE TRANSFORMER LES DHAMPIRES EN HUMAINS ?

STRAUSS NE M'A JAMAIS PARLÉ DE ÇA !
SI C'ÉTAIT POSSIBLE, LE ROI DES VAMPIRES SERAIT LE PREMIER À LE SAVOIR !
JE SUIS SÛRE QUE C'EST UNE RUSE DE BRIDGET POUR ENDORMIR TA MÉFIANCE !
CE SERAIT BIEN SON GENRE, À CETTE RENARDE !
JE SUIS PRÊTE À PARIER CE PUDDING SPÉCIAL !
SI JE SUIS UNE RENARDE, ALORS TOI, TU ES UN PETIT COCHON !
HOP
EH !
QU'EST-CE QUE TU FAIS ?!
S'ILS MANGENT AUTANT, MÊME LES CHATS SE CHANGENT EN PORCS !
TOC
OUPS !

ÇA NE M'ÉTONNE PAS QUE STRAUSS NE T'AIT RIEN DIT !
IL S'AGIT D'UNE MÉTHODE EXTRÊMEMENT DÉPLAISANTE POUR LUI !
HA !
C'EST COMME ÇA QUE TU ESPÈRES ME DÉSTABILISER ?
CROIS CE QUE TU VEUX !
JE VOUS APPRENDRAI EN TEMPS VOULU EN QUOI CONSISTE CETTE MÉTHODE, À TOI ET À NOTRE COMPÈRE MASQUÉ !
CLAC
カチャン
GRR...
PARDON DE M'ÊTRE ABSENTÉE SUBITEMENT...
UN LÉGER PROBLÈME AVEC MES HOMMES...
PAS DE SOUCI !
BIEN ! JE VOUS ÉCOUTE !
POURQUOI AVEZ-VOUS BESOIN D'AKABARA ET DE LA LUNE CORROSIVE ?
EH BIEN...

POUR FAIRE SIMPLE...
DISONS QU'IL S'AGIT DE RÉSOUDRE UN PROBLÈME IMMOBILIER !
HEIN ?
EH OH !
TU AS BIEN DIT "IMMOBILIER" ?
TU N'AS QUAND MÊME PAS DEMANDÉ L'AIDE DE STRAUSS POUR UNE HISTOIRE DE TERRAIN OU DE BÂTIMENT ?
TU AS CONSCIENCE QU'IL EST L'ÊTRE MAGIQUE LE PLUS PUISSANT DE LA TERRE ?
C'EST COMME UTILISER UNE BOMBE H POUR TUER UNE MOUCHE !
C'EST-À-DIRE QUE LE BIEN IMMOBILIER EN QUESTION...
EST TRÈS IMPORTANT À PLUSIEURS ÉGARDS...
FRR
FRR
ZIP
JE VAIS UTILISER DES MAQUETTES POUR QUE CE SOIT PLUS FACILE À COMPRENDRE ...

DISONS QUE NOTRE BIEN IMMOBILIER...
C'EST CETTE RÉSIDENCE !
TOUS LES APPARTEMENTS SONT OCCUPÉS...
IMPOSSIBLE DONC D'ACCUEILLIR DE NOUVEAUX RÉSIDENTS...
TAP
ÇA, CE SONT LES HABITANTS ACTUELS !
TAP
MAIS VOILÀ QUE DE NOUVEAUX ARRIVANTS...
DÉFERLENT EN MASSE, BIEN DÉCIDÉS À EMMÉNAGER DANS LA RÉSIDENCE...
ZIP

ALORS... À LA PLACE DES HABITANTS...
QUE FERIEZ-VOUS DE CES NOUVEAUX VENUS ?
VOYONS VOIR...
ZIP
POUR COMMENCER...
IL FAUDRAIT DISCUTER AVEC EUX ...
ET LEUR DEMANDER GENTIMENT D'ALLER S'INSTALLER AILLEURS !
ALLEZ HOP !
POF
ROLL カラ
ROLL カラ カラ ROLL
CERTES ...
MAIS AU LIEU DE S'EN ALLER...
ピタ
ILS VOUS FONT UNE PROPOSITION...
カッパ
サルサ
ポテト
カルパッチョ
アワビ
ハワイ
ねぎとろ

"NOUS RENONÇONS À TOUS EM-MÉNAGER...
EN ÉCHANGE, NOUS VOULONS QUE VOUS ACCUEILLIEZ LA MOITIÉ D'ENTRE NOUS.
POF
PAR CONSÉQUENT, LA MOITIÉ D'ENTRE VOUS DEVRA S'EN ALLER."
POF
EH BEN ! ILS NE SONT PAS GÊNÉS !
MAIS ON NE PEUT PAS ACCEPTER ÇA !
PARCE QU'UNE FOIS QU'ON AURA CÉDÉ...
ON PEUT S'ATTENDRE À CE QU'ILS FINISSENT UN JOUR PAR IN-VESTIR TOUTE LA RÉSI-DENCE...
PLOC
PLOC
PLOC

DANS CE CAS, ON RÉSISTE PAR LES ARMES...
ZIP
ET ON LES CHASSE !
TAP
AVEC, À LA CLÉ, CE GENRE DE RÉSULTAT !
TA-DAAA ! NOUS REVOILÀ !
JE VOIS QUE TU COMPRENDS VITE !
CE SERAIT EN EFFET L'IDÉAL...
D'AUTANT QUE SI LA MOITIÉ DES HABITANTS QUITTAIENT LA RÉSIDENCE, ILS N'AURAIENT PAS D'AUTRE ENDROIT OÙ ALLER...
ET ILS MOURRAIENT AUSSITÔT APRÈS AVOIR ÉTÉ MIS DEHORS !
MAIS VOICI LE GENRE D'ARGUMENTS DONT NOS ADVERSAIRES DISPOSENT !

SI ON NE RÉPOND PAS FAVORABLEMENT À LEURS EXIGENCES, ILS EXTERMINERONT TOUS LES HABITANTS...
POUR EMMÉNAGER DANS LA RÉSIDENCE.
BREF, C'EST LA MOITIÉ OU RIEN DU TOUT !
MAIS VOUS VOYEZ BIEN QUE SI VOUS LEUR CÉDEZ UNE PARTIE DE LA RÉSIDENCE, ILS FINIRONT TÔT OU TARD PAR S'EMPARER DU RESTE...
ALORS ? QUE FAITES-VOUS ?
...
EST-CE QUE NOUS AVONS DES ARMES POUR NOUS DÉFENDRE ?
VOICI À PEU PRÈS TOUT CE QUE VOUS AVEZ...
À OPPOSER À LEURS GROS CALIBRES...
CLAC
TU PARLES D'UN ARMEMENT À LA GOMME !
LA DIFFÉRENCE EST DE CET ORDRE, DANS LA RÉALITÉ !

JE VOIS...
C'EST POUR ÇA...
OUI...
C'EST POUR ÇA !
TAP
LE SEUL MOYEN DE LUTTER CONTRE CES NOUVEAUX ARRIVANTS ET LEUR ARMEMENT À LA PUISSANCE INCOMMENSU-RABLE...
C'EST D'OBTENIR L'AIDE DU ROI DES VAMPIRES, AUX POUVOIRS MAGIQUES INÉGALÉS...
ET D'ADELHEID, LA REINE DONT LA MAGIE CORRO-SIVE FLÉTRIT MÊME LA LU-MIÈRE !
IL N'EXISTE SANS DOUTE AUCUNE ARME AU MONDE QUI PUISSE RIVALISER AVEC EUX !

MON PLAN...
EST D'UTILISER LA FORCE DES VAMPIRES POUR CHASSER LES INDÉSIRABLES ...
PUIS, COMME ILS SONT TOUS DEUX TROP DANGEREUX...
DE LES ÉLIMINER GRÂCE À KAYUKI, LE CYGNE NOIR ...
PLOC
PLOC
POF
PFF... TU RÊVES, MON VIEUX !
CE N'EST PAS DEMAIN LA VEILLE QUE TU PRENDRAS STRAUSS DE COURT !
TU CROIS QU'IL VA TE DÉBARRASSER D'EUX BIEN GENTIMENT ?

PLOC
こてん
IL VA PLUTÔT SE SERVIR D'EUX POUR ABATTRE LE CYGNE NOIR !
ET PUIS, STRAUSS EST CENSÉ DÉTESTER LA REINE ADELHEID...
JE VOIS MAL CES DEUX-LÀ COMBATTRE CÔTE À CÔTE !
RIEN NE SE PASSERA COMME TU L'ESPÈRES !
HE HE...!
HMM...
JUSTE-MENT...
POUR ÉVITER QUE ÇA NE SE PRODUISE...
L'AIDE DES DHAMPIRES M'EST INDISPENSABLE !
VOILÀ, VOUS SAVEZ TOUT...
LADY BRIDGET !

LES DHAMPIRES JOUERONT UN RÔLE ABSOLUMENT CRUCIAL DANS LA SUITE DES ÉVÉNEMENTS...
SANS VOTRE SOUTIEN, KAYUKI ET MOI SERONS EN MAUVAISE POSTURE.
J'AI BESOIN DE VOUS COMME ALLIÉS, NON COMME ENNEMIS...
JE RÉPONDRAI DONC AUTANT QUE POSSIBLE À VOS EXIGENCES, ET JE NE VOUS CACHERAI RIEN...
EN ÉCHANGE, J'AIMERAIS QUE VOUS AUSSI, VOUS JOUIEZ CARTES SUR TABLE !
J'AI BIEN SAISI LA SITUATION...
MAIS VOUS N'AVEZ PAS ENCORE...
TOUT DIT, N'EST-CE PAS ?

キィィィィ
TIIIING

PASSER TON TEMPS À FUIR...
TU APPEL-LES ÇA TE BATTRE ?!
ZIOU
YAAH !!
BOUM

...
IL COMPTE RESTER SUR LA DÉFENSIVE JUSQU'AU BOUT...
EN SLALOMANT DANS CE LABYRINTHE D'IMMEUBLES ?
MAIS S'IL CROIT POUVOIR M'ÉCHAPPER INDÉFINIMENT...
REVENEZ, ÉPÉES SACRÉES !!

IL EST TEMPS D'EN FINIR...
UNE BONNE FOIS POUR TOUTES !
TIIING
CYGNE NOIR...
POURQUOI NE PAS AVOIR ESSAYÉ DE DISSUADER AKABARA DE PROVOQUER RENKA EN DUEL ?

PARCE QUE NOS INTÉRÊTS CONVERGENT...
DANS L'ÉTAT OÙ IL EST...
TON AMI EST COMME UNE BOMBE PRÊTE À EXPLOSER N'IMPORTE QUAND...
COMME JE PRÉFÈRE ÉVITER AUTANT QUE POSSIBLE TOUTE SITUATION IMPRÉVUE DANS LES JOURS À VENIR...
ÇA M'ARRANGE QUE LE ROI VAMPIRE LE METTE HORS D'ÉTAT DE NUIRE.
J'IMAGINE QUE SI LUI-MÊME EST VENU S'OCCUPER DE RENKA...
C'EST POUR SUPPRIMER UN ÉLÉMENT INCONTRÔLABLE QUI POURRAIT NUIRE À SES PLANS...
...
NE CRAINS RIEN...
IL NE LE TUERA PAS...

IL SAIT TRÈS BIEN QUE S'IL LE FAISAIT, IL RISQUERAIT DE BRISER LA TRÊVE CONCLUE AVEC LES DHAMPIRES...
CE QUI LE METTRAIT EN FÂCHEUSE POSTURE, ALORS QUE SA PUISSANCE MAGIQUE N'EST PAS TOTALEMENT RÉTABLIE...
IL SE CONTENTERA SANS DOUTE DE LE METTRE HORS DE COMBAT POUR UNE BONNE SEMAINE...
ÇA DOIT ÊTRE PARCE QU'ELLE L'AVAIT DEVINÉ QUE BRIDGET N'A PAS JUGÉ BON DE LES ARRÊTER...
MOI-MÊME...
JE DOIS ADMETTRE QUE RENKA NOUS COMPLIQUERAIT LA TÂCHE S'IL NE POUVAIT PLUS SE MAÎTRISER...
MAIS...
ES-TU CERTAINE QU'AKABARA VA GAGNER, COMME TU L'ESPÈRES ?
C'EST TOUT JUSTE S'IL ARRIVE À CONTRÔLER SES TRAJECTOIRES DE VOL...
S'IL SE CONTENTE D'ESQUIVER, IL FINIRA PAR SE FAIRE COINCER !
IL N'Y A PAS À S'INQUIÉTER...
ILS SONT LOIN D'ÊTRE AU MÊME NIVEAU !

QUEL QUE SOIT LE NOMBRE DE DÉFAITES QU'IL ESSUIE...
JIN RENKA NE POURRA SANS DOUTE...
JAMAIS SURPASSER LE ROI VAMPIRE !
VIREVOL-TEZ, MES LAMES !
TAILLEZ MON ADVERSAIRE EN PIÈCES !

VRR
VRR
VRR
VSH
IL NE POURRA PAS PARER MON COUP !
JE LUI AI COUPÉ LA ROUTE !
C'EST TERMINÉ !

ガキイイイイイイイイ
CLIIING
QUOI ?!
IL VIENT D'UTILISER DRAGON SOLITAIRE ET DÉMON DE FER ?!

VSH
IMPOSSIBLE...
GRR...
... IL S'EST EMPARÉ EN UN ÉCLAIR DE DEUX ÉPÉES QUI TOURNOYAIENT À TOUTE VITESSE ET S'EN EST SERVI POUR PARER MON COUP ?!
C'EST FORCÉMENT UN COUP DE BOL ! PERSONNE N'A DE TELS RÉFLEXES !
...
PSHHH

ÉCOUTE, ÇA FAIT UN MOMENT QUE JE L'AI RE-MARQUÉ...
TA TECHNIQUE NE REPOSE QUE SUR LA FORCE BRUTE !
QUOI ?!
VSH
ÇA PEUT ÊTRE UN AVAN-TAGE DANS CERTAINS CAS...
MAIS FACE À UNE FINE LAME, TU NE FAIS PAS LE POIDS !
LA FERME !
TU CROIS QUE TA CHANCE VA DURER ?!
FSH
VVM
RENKA !
JE VAIS T'APPRENDRE À MANIER L'ÉPÉE...

VOUUUF
ET TE MON-TRER...
L'ÉCART DÉCISIF QU'IL Y A ENTRE NOUS !

EN ADMETTANT QUE CE QUE VOUS VENEZ DE RACONTER SOIT VRAI...
QUELQUE CHOSE ME CHIFFONNE !
À QUOI CORRESPOND CETTE RÉSIDENCE...
ET QUI SONT CES NOUVEAUX ARRIVANTS ?
VOUS QUI ÊTES CAPABLE DE MOBILISER DES ARMÉES À L'ÉCHELLE MONDIALE, JE NE CROIS PAS QU'IL EXISTE BEAUCOUP DE LIEUX OU D'ENNEMIS...
DONT VOUS NE PUISSIEZ VOUS CHARGER VOUS-MÊME...
DE PLUS, UN ADVERSAIRE IMPOSSIBLE À VAINCRE SANS LES POUVOIRS INCOMMENSURABLES D'AKABARA ET DE LA LUNE CORROSIVE...
C'EST TOUT SIMPLEMENT INIMAGINABLE !

DITES-MOI CE QUE REPRÉSENTENT CONCRÈTEMENT LA RÉSIDENCE ET LES NOUVEAUX ARRIVANTS !
EST-CE UNE VILLE SE TROUVANT DANS UNE SITUATION EXCEPTION-NELLE ?
OU UN PAYS ?
NI L'UN, NI L'AUTRE...
IL S'AGIT D'UNE PLA-NÈTE !

?!
FSH
CE BÂTIMENT SYMBOLISE LA PLANÈTE SUR LAQUELLE NOUS VIVONS...
LA TERRE !
ET DONC, LES NOUVEAUX ARRIVANTS ...
SONT DES ENVAHIS-SEURS...
EXTRA-TERRESTRES !

TAC
カッ
TAC
カッ
TAC
カッ
TAC
カッ
COMMAN-
DANT !
COMMANDANT
MORISHIMA !
LE
TROISIÈME
ORDRE D'EX-
PULSION EST
ARRIVÉ !

LES ÉTOILES TOMBERONT...
D'ICI TROIS HEURES !
ILS ONT DEUX JOURS D'AVANCE !
FLAP
ON A DES ORDRES DE GM ?
NON, ON VIENT SEULEMENT DE LUI ENVOYER UN RAPPORT !
MAIS IL NE DEVRAIT PAS TARDER À RENTRER...
...
EH BIEN...

JE N'AI RIEN CONTRE LES INVITÉS-SURPRISES, MAIS...
DES VAMPIRES ET DES EXTRA-TERRESTRES EN MÊME TEMPS, C'EST ENCORE AUTRE CHOSE...
VAMPIRE CHRONICLES 3 - FIN

VAMPIRE CHRONICLES

LA LÉGENDE DU ROI DÉCHU

ET NOUS VOICI AU TOME 3 DE VAMPIRE CHRONICLES ! JE NE SAIS PAS POURQUOI, MAIS IL A SOUVENT ÉTÉ QUESTION DE NOURRITURE, DANS CE VOLUME ! ON SE SERAIT CRU DANS LE GUIDE MICHELIN DES VAMPIRES... LES PERSONNAGES ONT L'AIR DE TOUS MENER UNE VIE ASSEZ FASTE. COMME JE NE SUIS PAS DIFFICILE EN MATIÈRE DE CUISINE, J'AI BIEN L'INTENTION DE CONTINUER À DESSINER TOUTE UNE VARIÉTÉ DE PLATS.

IL EST IMPORTANT DE BIEN SE NOURRIR... DEPUIS QUELQUE TEMPS, J'AI UN RYTHME ALIMENTAIRE DE PLUS EN PLUS DÉRÉGLÉ ET ÇA M'ENNUIE BEAUCOUP. ALORS RÉCEMMENT, JE ME SUIS REMISE À FAIRE LA CUISINE LE SOIR, CE QUI NE M'ÉTAIT PAS ARRIVÉ DEPUIS LONGTEMPS. C'EST VRAI QUE C'EST BON, LES PETITS PLATS MAISON ! ÇA ME FAIT DU BIEN. J'EN SUIS VENUE MALGRÉ MOI À ACHETER DES REPAS TOUT PRÉPARÉS, MAIS IL VAUDRAIT MIEUX QUE JE ME DONNE LA PEINE DE LES FAIRE MOI-MÊME. EN FAIT, J'AIMERAIS PRENDRE MES PETITS DÉJEUNERS RÉGULIÈREMENT ET RETROUVER UNE VIE SAINE.

EN ESPÉRANT VOUS REVOIR DANS LE TOME 4 !

YURI KIMURA

VAMPIRE CHRONICLES 3

REMERCIEMENTS :

MARUKO ASAGAYA

AIKO NAGAYAMA

HARUKA

MON RESPONSABLE,
M. NORIAKI YUMURA

ET TOUS NOS CHERS LECTEURS.

DOCUMENTATION :
MM, K. ET Y.
(MERCI POUR TOUT !)

MOT DE L'AUTEUR

VOUS CONNAISSEZ TOUS LES ILLUSIONS D'OPTIQUE...

LES ARTISTES ONT BEAUCOUP JOUÉ AVEC CE PHÉNOMÈNE : IL EXISTE DE NOMBREUX DESSINS QUI REPRÉSENTENT DEUX CHOSES RADICALEMENT DIFFÉRENTES. POUR LE VOIR, IL SUFFIT DE MODIFIER LÉGÈREMENT NOTRE FAÇON DE REGARDER : AINSI, CE QUI SEMBLAIT À PREMIÈRE VUE ÊTRE UN VASE SE RÉVÈLE ÊTRE DEUX VISAGES FACE À FACE, UN LAPIN DEVIENT UN CANARD, UNE JEUNE FEMME SE TRANSFORME EN PERSONNE ÂGÉE... IL Y EN A DE TOUTES SORTES QUI, AU-DELÀ DU FAIT QU'ELLES SOIENT TOUT SIMPLEMENT AMUSANTES, NOUS APPRENNENT AUSSI À QUEL POINT NOTRE PERCEPTION VISUELLE EST ÉTRANGE ET INCERTAINE.

CHRISTIANNA BRAND EST UN AUTEUR BRITANNIQUE DE ROMANS POLICIERS. PARMI SES ŒUVRES LES PLUS CONNUES, ON TROUVE *LA MORT DE JÉZABEL*, *NARCOSE*, *TOUR DE FORCE* OU ENCORE LE RECUEIL DE NOUVELLES *LE BUFFET DES INVITÉS INDÉSIRABLES*.

DANS PRATIQUEMENT TOUTES SES ŒUVRES, PLUSIEURS SUSPECTS SONT ACCUSÉS, AU MOINS UNE FOIS CHACUN, DU MÊME CRIME À PARTIR DES MÊMES INDICES ET D'UN RAISONNEMENT À LA LOGIQUE IMPLACABLE. DANS *LA MORT DE JÉZABEL*, EN PARTICULIER, ILS S'AVOUENT TOUS COUPABLES LES UNS APRÈS LES AUTRES (ET CE, TOUT AU LONG DES 70 DERNIÈRES PAGES DU ROMAN.) BIEN SÛR, IL N'Y A QU'UN SEUL VRAI COUPABLE !

CE QUE BRAND CHERCHE À DÉMONTRER DANS SES ŒUVRES, C'EST QU'IL SUFFIT DE CHANGER LÉGÈREMENT NOTRE FAÇON D'INTERPRÉTER LES MÊMES INDICES ET LES MÊMES PREUVES, OU DE MODIFIER QUELQUE PEU LA FAÇON D'APPRÉHENDER DES TÉMOIGNAGES IDENTIQUES POUR QU'UNE AFFAIRE PRENNE PLUSIEURS TOURNURES DIFFÉRENTES.

ENFIN BREF, C'EST MOI, KYÔ SHIRODAIRA, ET NOUS VOICI DÉJÀ AU VOLUME 3 !

DANS CE TOME, LA VÉRITÉ SUR LE PASSÉ DE STRAUSS EST DÉVOILÉE À TRAVERS LE REGARD DE BRIDGET. IL S'AGIT BIEN DE LA RÉALITÉ TELLE QU'ELLE L'A VUE ET VÉCUE.

MAIS CE N'EST JAMAIS LÀ QUE SA VERSION DE LA VÉRITÉ. COMME AVEC LES ILLUSIONS D'OPTIQUE ET DANS LES ROMANS DE BRAND, LES MÊMES FAITS (LE ROI VAMPIRE A TOUT PLAQUÉ POUR DÉLIVRER SON ÉPOUSE DU SCEAU QUI LA RETIENT PRISONNIÈRE), SELON LE POINT DE VUE QU'ON PORTE SUR EUX, CONDUIRONT PEUT-ÊTRE À UNE SITUATION DIFFÉRENTE OU À UN AUTRE COUPABLE. COMMENT LA VÉRITÉ SE PRÉSENTERAIT-ELLE À TRAVERS LE REGARD DES AUTRES PERSONNES PRÉSENTES À CETTE ÉPOQUE, ADELHEID, STELLA ET STRAUSS ?

MAINTENANT QUE LE MYSTÈRE QUI ENTOURE LE PASSÉ DU ROI VAMPIRE A PRIS FORME, LES ENVAHISSEURS DE L'ESPACE VONT ENFIN FAIRE LEUR APPARITION DANS LE PROCHAIN TOME ! UNE NOUVELLE QUESTION VA DONC SE POSER : “QUE VA-T-IL SE PASSER ?”

LE RÉCIT A COMMENCÉ À PRENDRE SON ESSOR. DANS QUELLE DIRECTION VA-T-IL S'ORIENTER, OÙ VA-T-IL ABOUTIR ?

EN ESPÉRANT QUE NOUS NOUS REVERRONS AU TOME 4...

KYÔ SHIRODAIRA

Édition française

Traduction :
David Le Quéré

Adaptation graphique :
Ki-oon

ISBN : 978-2-35592-079-0
Dépôt légal : juillet 2009
Imprimé en Belgique par Lannoo Print